BIO-BIBLIOGRAPHIE

SOPHRONYME LOUDIER

MEMBRE DE LA SOCIÉTÉ DES GENS DE LETTRES
OFFICIER DE L'INSTRUCTION PUBLIQUE
ET PROFESSEUR DE L'ASSOCIATION POLYTECHNIQUE

PAR

LOUIS GERDEBAT
Commandeur de l'Ordre Royal d'Isabelle-la-Catholique

Deuxième Édition

PARIS
LEMERRE, LIBRAIRE-ÉDITEUR
23, PASSAGE CHOISEUL, 23

1892

BIO-BIBLIOGRAPHIE

SOPHRONYME LOUDIER

BIO-BIBLIOGRAPHIE

SOPHRONYME LOUDIER

MEMBRE DE LA SOCIÉTÉ DES GENS DE LETTRES
OFFICIER DE L'INSTRUCTION PUBLIQUE
ET PROFESSEUR DE L'ASSOCIATION POLYTECHNIQUE

PAR

LOUIS GERDEBAT
Commandeur de l'Ordre Royal d'Isabelle-la-Catholique

Deuxième Édition

PARIS
LEMERRE, LIBRAIRE-ÉDITEUR
23, PASSAGE CHOISEUL, 23

1892

AVANT-PROPOS

Dans notre vie d'écrivain déjà longue, nous nous sommes toujours imposé une tâche : celle de signaler à l'attention publique le talent vrai, indiscutable, partout où nous le rencontrions, surtout quand à ce talent se joignaient les qualités de l'homme privé et du citoyen.

Nous mettons donc, aujourd'hui, sous les yeux du public lettré la bio-bibliographie *de M. Sophronyme Loudier.*

Pour un très grand nombre de lecteurs, ce nom est avantageusement connu; pour ceux qui ne le connaîtraient pas encore, nous plaçons, ci-après, la nomenclature de ses œuvres; à la vue de ces titres si variés, plus d'un lecteur voudra lire l'un ou l'autre ouvrage, tous, peut-être, et ce sera un délicat régal littéraire pour celui qui aura cette bonne pensée.

De Saint-Pétersbourg à l'Ile de la Réunion et de la Guadeloupe à Nouméa, en passant par Paris, les journaux publient les œuvres de M. Sophronyme Loudier; nous en avons la preuve sous les yeux.

Notre consciencieuse étude a donc sa raison d'être.

Voici, d'après le Catalogue général de la Société des Gens de lettres, les titres des ouvrages que M. Sophronyme Loudier a publiés à ce jour :

ROMANS

L'Oublieuse, 10,000 lig., 1 vol. 280 p., 1885, Gautier, édit.
Le Tourbillon humain, 7,000 lig., 1 vol. 256 p., 1880, Hachette, édit.
Une Idylle au moulin, 2,000 lig., 1881 (Éclaireur de Coulommiers).
Le Château de la lune, 2,400 lig., 1883 (Écho Pontoisien).
Les Étapes d'un million, 10,000 lig.

VOYAGES

Jersey à vol d'oiseau, 2,500 lig., 1874 (Le Granvillais).

THÉATRE

Qui s'y frotte s'y pique, opéra-comique en un acte, avec orchestration, 1875.

HISTOIRE

Alphonse XII, brochure de 50 p., Librairie Nouvelle.

NOUVELLES

Edmée; L'Assaut d'un bureau de tabac; Le Droit d'aînesse. Ces trois nouvelles, de 10 à 11,000 lignes environ, sont réunies dans un volume portant ce titre : *Edmée*, 1887, Paris, Gautier, édit.

La Jeune veuve, 1 vol. 50 p., 1886, Paris, Clavel, édit.

Un Drame sous la neige, 1 vol. 456 p., 1886, Téqui, édit., comprenant : Un Drame sous la neige; Un Singulier procès; Une Charmante conspiration : La Chapelle blanche; Jean Bomer; Un Réveillon à bord; L'Abandonné du clos Saint-Marc; Une Boucle de cheveux blonds; La Première pièce d'or; Le Serment d'un étudiant; Un Nid de fripons; Le Garçon de recettes; La Cloche d'argent; Un Noël d'écolier.

Un Espion chez Jeanne d'Arc, 600 lig., 1883, Limoges (Gazette du Centre). — *Le Grain de plomb*, 1,200 lig., 1875 (Lexovien). — *Le Père Mondor*, 750 lig., 1874 (id.). — *L'Enfant sans nom*, 1,500 lig., 1878 (Bulletin de la Société des Gens de lettres). — *Le Donjon de Satan*, 900 lig., 1880 (id.). — *Un Amour de locataire*, 1,200 lig., 1881 (id.) — *Le Tocsin*, 800 lig., 1883 (Journal d'Argentan). — *L'Abbé nu-tête*, 300 lig., 1885 (Almanach de l'Ouvrier). —

Sœur Marie, 1,000 lig., 1885 (Écho Pontoisien). — *Une Nuit de Noël chez Mme de Sévigné*, 900 lig., 1886 (id.). — *L'Envers d'une infamie*, 1,200 lig. (Bull. de la Soc.). — *La Nuit aux émotions*, 1,200 lig., 1883 (id.) — *Le Rebouteur de Sa Majesté*, 1,150 lig., 1886 (id.). — *Un Baptême orageux*, 1,200 lig., 1887 (id.). — *Un Ballot de dentelles*, 600 lig., 1887, Orange (Ruche). — *L'Abandon*. 350 lig., 1888 (Écho du XXe arrondissement, Paris). — *Le Train de nuit*, 200 lig. (id.). — *Un Trac de jeunesse*, 300 lig. — *Tournoi d'amour*, 1,200 lig. — *Un Coup de parapluie*, 800 lig. (l'Auvergne thermale et pittoresque, Paris, 1892).

LOUIS GERDEBAT.

BIO-BIBLIOGRAPHIE

SOPHRONYME LOUDIER

M. Sophronyme Loudier pourrait, si cela lui faisait plaisir, répéter comme le personnage d'une chanson de Frédéric Bérat :

> J'irai revoir ma Normandie,
> C'est le pays qui m'a donné le jour.

Il est, en effet, né à Orbec, en pleine vallée d'Auge, en 1835, où il a passé son enfance.

Après de sérieuses études faites au collège de Lisieux, l'auteur de *L'Oublieuse* fit ses débuts au journal *Le Lexovien*. Ce journal publia, chaque semaine, pendant plusieurs années, un grand nombre d'articles qui valurent à leur auteur de chaleureux et unanimes encouragements.

Un journal de Caen, *Le Furet*, ayant ouvert un concours sous ce titre : *Histoire satirique et anecdotique des cartes de visite*, M. Sophronyme Loudier prit part à ce tournoi littéraire et, de haute lice, fut proclamé vainqueur.

Cette première victoire attira l'attention des lettrés sur le jeune lauréat. Il devint, *ipso facto*, rédacteur au journal *Le Furet*, et, plus tard, aux *Échos normands*.

« Apprécié en province, c'est évidemment quelque chose, se dit le vaillant écrivain ; mais si j'essayais d'affronter Paris, la grande ville! Pourquoi pas? Il n'y a, en somme, que Paris pour consacrer le talent, si talent il y a... J'irai à Paris.»

En effet, M. Sophronyme Loudier vint à Paris et fut quelque temps le secrétaire d'un littérateur très en vue alors.

Connaître les hommes les plus remarquables de cette époque, observer le mouvement littéraire, qui marchait à pas précipités vers le genre qu'on est convenu d'appeler « moderniste », fut la constante préoccupation de M. Sophronyme Loudier.

Cette étude ne fut pas sans mûrir le jugement de notre héros. Il apportait d'ailleurs de la province un grand esprit d'observation, qui lui permit de constater, *de visu*, comment, trop souvent, se font et se défont ces renommées d'un jour, échafaudées sur la camaraderie et non sur le vrai mérite, et dès cet instant, il jura de ne jamais rien devoir qu'à son travail, disons mieux, à son talent.

M. Sophronyme Loudier a tenu parole; il a beaucoup travaillé; ses ouvrages sont très reproduits dans les journaux de la France et de l'étranger pour deux raisons : d'abord parce qu'ils ont un cachet d'honnêteté qui leur donne accès dans toutes les familles; et, en second lieu, parce qu'ils sont fort dramatiques, extrêmement amusants et toujours intéressants.

Les *cinquante* ouvrages que M. Sophronyme Loudier a jetés dans la reproduction comme membre de la Société des Gens de lettres, et que de nombreux journaux de la France et de l'Étranger reproduisent chaque jour, ainsi que nous venons de le dire, peuvent se classer en trois catégories : *philosophie*, *drame* et *scènes de mœurs*.

Le Tourbillon humain — couronné par la Société nationale d'encouragement au bien, — est une très fine et fort amusante satire des guerres qui ont ensanglanté l'Europe et même l'Amérique de 1850 à 1870. Il n'est pas possible d'être plus vrai et plus intéressant que n'est l'auteur dans ces pages vécues; c'est notre fin de XIXe siècle prise sur le vif, avec nos revendications sociales incessantes, nos parti-pris irréductibles et nos travers si nombreux; c'est encore une page d'histoire, hélas! pleine d'enseignements que nous devrions méditer à nos heures de loisir, pour en tirer profit; c'est enfin un chef-d'œuvre de style et de bon goût, ce qui en double le prix.

L'*Étude sur Alphonse XII* et *Jersey à vol d'oiseau* ne déparent point le genre philosophique de l'auteur. Dans ces deux derniers opuscules, M. Sophronyme Loudier fait preuve d'un jugement sûr et droit que nul ne peut nier.

La partie dramatique de l'œuvre de l'éminent écrivain compte une vingtaine d'ouvrages d'assez longue haleine : *L'Oublieuse; Edmée; L'Enfant sans nom; La Nuit aux émotions; Un Drame sous la neige; Sœur Marie; Le Grain de plomb; Un Réveillon à bord; L'Abandonné du clos Saint-Marc*; *Le Droit d'aînesse; L'Envers d'une infamie*, et tant d'autres que nous passons, ont eu un succès énorme comme feuilletons ; des centaines de journaux les ont publiés et les publient encore; ceux d'entre eux qui sont édités s'enlèvent rapidement. *L'Oublieuse*, entre autres, a des séductions captivantes auxquelles le public lettré ne résiste pas. Ce volume mérite, à notre avis, une mention toute particulière, tant par l'intérêt dramatique, qui va s'augmentant à chaque page, que par la vigueur des caractères si opposés que l'auteur a mis en scène. Le style en est d'une pureté attique; le canevas est habilement charpenté et l'émotion y joue un grand rôle, ce qui prouve une fois de plus qu'on peut intéresser le lecteur sans tomber dans l'abject.

Edmée ne le cède en rien à *l'Oublieuse;* le milieu seul change, mais la vie réelle, avec ses courts instants de bonheur, ses journées ternes et souvent si sombres, se montre dès les premières pages; c'est un drame intime de famille où l'argent domine tout; amitié, amour, convenances, rien ne lui résiste. L'amitié compte-t-elle pour quelque chose à notre époque? L'amour n'est il pas sacrifié aux plus vils intérêts? L'argent ne pèse-t-il pas de tout son poids brutal dans la balance des destinées humaines? Pour les âmes vraiment droites et aimant la littérature saine et fortifiante, *l'Oublieuse* et *Edmée* (1) sont deux volumes à lire.

Que dire de *L'Enfant sans nom*, que plus de cent journaux ont publié? D'*Un Drame sous la neige*, plus reproduit encore et non moins émouvant? D'*Un Réveillon à bord*, de *L'Abandonné du clos Saint-Marc*, nouvelles charmantes, teintées de nuances les plus délicates et d'aperçus fort ingénieux.

Pour être vrai, nous devrions dire que des ouvrages que nous venons de citer, il n'y en a pas un d'inférieur à l'autre; tous sont le résultat de l'observation et du talent de l'écrivain. M. Sophronyme Loudier a pris la vie à tout âge et dans ses phases multiples, mais l'a toujours rendue avec une sincérité vraiment frappante et un rare bonheur d'expression.

Nous avons dit tout à l'heure que les études de mœurs n'avaient pas de secret pour M. Sophronyme Loudier : *Un Singulier Procès; L'Assaut d'un bureau de tabac; Une charmante Conspiration; Le Rebouteur de Sa Majesté; Une Idylle au Moulin; La Jeune Veuve; Un amour de*

(1) Chez Henri Gautier, 55, quai des Grands-Augustins, à Paris; chaque volume in-18, 2 fr.

Locataire; La Lune de fiel; Un Baptême orageux; Le Sac de voyage; Le Train de nuit; Le Réveille-Matin; Un Soir de noces; Un trac de jeunesse; Tournoi d'amour, et dix autres sont là pour le prouver. Si M. Sophronyme Loudier sait provoquer les larmes; il s'entend à merveille à amener le rire sur les lèvres.

Lisez *l'Assaut d'un bureau de tabac*, « cette maîtresse scène de mœurs », selon l'expression du directeur d'un des grands journaux de Paris, qui l'a publiée, et vous serez fixés. De la première page à la dernière, le lecteur est pris, entraîné, subjugué; c'est un éclat de rire continuel, mais un éclat de rire qui n'emprunte rien à la trivialité, aux passions bestiales, ni aux mauvais instincts; en un mot, *l'Assaut d'un bureau de tabac* est un ouvrage de bonne compagnie qui nous a charmé.

Le Rebouteur de Sa Majesté est une nouvelle historique, non de l'histoire à panache, mais de la petite histoire, à côté de celle qui, bien à tort, quelquefois, s'intitule grande. C'est Henri IV qui est en jeu, et, en tournant les feuillets de cette ravissante nouvelle, nous avons cru lire une page d'Alexandre Dumas. La scène décrite est unique, à coup sûr; l'auteur nous certifie qu'elle est vraie. Authentique ou non, *le Rebouteur de Sa Majesté* est un chef-d'œuvre; pas un de ceux qui l'ont lu, ne nous contredira.

La Jeune Veuve et *la Lune de fiel* ne sont également que deux nouvelles; mais quelles fines et charmantes nouvelles! Comme le cœur féminin y est étudié; comme les faits, si supérieurement racontés, sont bien de notre temps; les personnages, nous les coudoyons vingt fois par jour; nous pourrions, au besoin, leur prêter des noms. Oui, c'est bien là un des aspects de la vie moderne; l'auteur connaît ceux dont il parle; il a dû les voir de très près, les entendre. Aussi traite-t-il son sujet avec une logique indiscutée et une ampleur remarquable.

Lors de notre dernier entretien avec M. Sophronyme Loudier, nous lui demandâmes s'il avait abordé le théâtre?

L'auteur de *L'Oublieuse* se prit à sourire, et tirant de son bureau la partition orchestrée et éditée de : *Qui s'y frotte s'y pique*, il nous la mit sous les yeux en nous disant : « Cet opéra-comique a été représenté, il y a quelques années, à Paris, et par la suite, en province; puis il nous montra plusieurs autres pièces manuscrites, absolument inédites celles-là.

« Du théâtre, je n'en veux plus, ajouta-t-il; ma première tentative m'en a dégoûté à tout jamais : démarches répétées auprès des artistes; discussions interminables à propos des rôles; temps considérable perdu en répétitions et le reste; à moins d'avoir l'autorité de Dumas ou de Sardou, c'est à y renoncer, surtout quand il s'agit de pièces en un acte ».

— Avez-vous un ouvrage en train?

— J'en ai trois.

— Les terminerez-vous cette année?

— C'est peu probable. J'ai mes chroniques à faire, chaque semaine, pour plusieurs journaux, puis mon cours de Littérature à l'*Association Polytechnique;* tout cela me prend du temps. Du reste, je n'écris pas à heure fixe; j'ai des ouvrages qui m'ont demandé deux ans de travail. Quant, à un roman, j'ai mis le mot : « Fin », je considère ma tâche comme à moitié faite ; d'après le conseil de Boileau, je lis, relis et rature au moins vingt fois ce premier travail de la pensée. J'ai mis six mois, je suppose, pour lui donner une forme naturelle acceptable; j'en consacre bien six autres pour le polir et le repolir sans cesse. C'est l'ancien système, mais il a du bon ; aussi lorsque je donne un ouvrage à un journal, je n'ai plus rien à y ajouter, ni à y retrancher, mais seulement à corriger les épreuves.

— Où faites-vous votre Cours de Littérature?

— A Levallois-Perret. Il y a vingt-six ans, deux de nos amis et moi, nous avons fondé ces Cours gratuits pour les adultes, et ils ont pleinement réussi. De trois par semaine, au début, nous en comptons vingt-deux actuellement, et près de dix mille présences, chaque hiver, nous récompensent de nos efforts.

Nous prenons congé de Sophronyme Loudier en nous demandant ce que nous devons admirer le plus chez cet écrivain : ou son talent, ou sa modestie?

Des vingt-six années de Cours gratuits aux adultes, sous le patronage de l'Association Polytechnique, le dévoué professeur en parle comme de la chose la plus naturelle du monde, comme s'il y était vraiment obligé. Ce dévouement à l'instruction populaire lui a valu, il y a treize ans, la rosette d'officier de l'Instruction publique. Nous aimons à penser que le ministre de ce département se rappellera, un jour ou l'autre, que la Légion d'honneur a été instituée pour récompenser le mérite dans toutes ses manifestations, et que Sophronyme Loudier y a des droits incontestables. Nous n'avons qu'un reproche à adresser à l'éminent écrivain, c'est d'être d'une excessive, d'une incompréhensible timidité. Quand on voit tant de nullités encombrantes accaparer l'attention publique à force d'intrigues et de réclames tapageuses, quand on voit tant d'œuvres malsaines, fangeuses et mal écrites, faire la fortune de leurs auteurs, tandis qu'un écrivain de la valeur de Sophronyme Loudier, dédaignant ces moyens, ne veut rien devoir qu'à son talent, nous sommes tentés de lui crier : « Vous avez tort ! » Mais après réflexion, nous ne pouvons que lui dire : « Vous avez raison. Ce n'est peut-être pas tout avantage matériel d'agir de la sorte, mais c'est évidemment tout honneur pour les lettres françaises et pour vous. »

Au cours de cette trop rapide Bio-Bibliographie, nous n'avons fait qu'effleurer les principaux traits qui distinguent le talent et le faire de M. Sophronyme Loudier, que ses très remarquables travaux classent parmi les écrivains les plus féconds et les plus infatigables de notre époque.

Servi par une mémoire impeccable et puissamment armé par de fortes études, M. Sophronyme Loudier s'est fait une place à part dans le roman et dans la presse contemporaine, où il combat le bon combat ; c'est un vrai lutteur et un polémiste distingué.

Très épris de tout ce qui est intellectuel, M. Sophronyme Loudier se tient au courant de tout et écrit sur tout. C'est le type le plus parfait de l'écrivain sérieux et honnête.

Homme de famille, de travail et de calme (c'est l'homme le plus doux, le plus simple et le plus ennemi du bruit qui soit au monde), M. Sophronyme Loudier est un peu comme ces moines bénédictins, qui ne trouvent de bonheur qu'en eux-mêmes, en leur œuvre et dans l'accomplissement de leur devoir.

Louis Gerdebat.

1892.

Paris. — Imp. Michels & Fils, passage du Caire, 8 et 10

www.ingramcontent.com/pod-product-compliance
Ingram Content Group UK Ltd.
Pitfield, Milton Keynes, MK11 3LW, UK
UKHW032034260826
14628UKWH00006B/2959

9 782329 443522